捨人の詞

杉本　隆

芸術的作品ではない。
斑惚けした老人の
暇つぶしの落書である。

「頚椎損傷により手足の痺れ、頭痛激しく、ボールペンも持ちづらく長時間の思考（一回15分位）及び文字も書く事も出来なくなりかねない。」

私が捨人(すてびと)であると言うと、
世の人々は捨人でないと言う　だが
カシオの国語辞典によると　世捨人とは、
僧や隠者など俗世間との交渉を絶った人と言ってある。
私は仏門出家は致して居りませんが、
現代の僧より、捨人らしく生きて居る。
また　世渡りが下手であると、言ふ。
その事は十分自分にも判った上での事。
自分なりの人生を生き。
自分なりの人生を終わりたい。

30歳の頃
米と水と酵母菌を求めて48年

妻18歳の頃
野に咲く花のいつまでも

捨人（すてびと）の詞（うた）

私は現在（労働災害事故）
頭痛及び手足の痺れ激痛に苦しんで居ます
医師から
頸椎の損傷が痛みの原因と思われるとの事である。
病院にて　ブロック注射を
ブロック注射も三時間位で痛みは再発する。
だが　数時間の間でも　人間らしく
生きて居られるなら其れで仕合せである。
また、其れ以上の事は望んでもむりである。
一時（ひととき）の安らぎを求めて生きて行けるだけで幸福を感じられる人間に成って来た。

一度壊れた人間の身体最早二度と元の様に戻る事はない。
本当の痛みの判って居る人は居ない。
厚生労働省の役人も大病院の医師も人間の本当の痛みの判って居る人は居ない。
口先だけの慰めなんか不要である。
本日（平成28年4月1日）病院より
今まで支給されて居た頭痛薬も支給されなくなった。
外用薬も一日四枚が約二枚に減ぜられた。
労働省は其の時其の時で言ふ事が変る。
平成十八年末に
今後　今の労働事故に関する医療費等は一再不要であると言ふ事で示談書に署

名捺印致しましたが（頭痛（首痛）が一番の苦しみと）それも　労働省は　適当に解釈され
今では薬代及び神経ブロック注射一ヶ月二回のみと言われる。後は自分で医療
費は出せと言う。
人を騙す事が上手である。
（其れほど医療費が出したくないのならば私には近年の内に（三年後位か？）前夜呑めば
朝痛みなく人生を終れる薬を出してくれると良い。）
労働出来なくなった労働者は
程々苦しんだら死んで行けと言う事なのか？
激痛時には手足を取離せるものなら取離してしまいたいと思う時は毎日です。
人間の最後は苦しい事の多きものです。
だが命ある限りしあわせを感じて生きて行きたいと思ふ毎日である

梵鐘(かね)の音地獄まで届けと響く時睡蓮の花雨に散りゆく

茶の滾る囲炉裏火こいし山里の友訪ねれば思い出に泣く

御一人様死ぬも生きるも間々ならず保証人なくば地獄えも行けず

手を取られ病院かよう老人(おいびと)の我を見る目に幸せぞ知る

豆撒いて巻き鮨食らう節分も死出の旅路の一里塚やも

遺骨（ほね）を抱き人世（ひとよ）生きゆく我を見て土に返せと友は諭せり

梵鐘（かね）の音に秋の日暮れる山里の母の面影今は幻

遠き日の故郷の空想う時塩辛蜻蛉とんで日は暮れ

流行歌（はやりうた）聞いて心が淋しがるなぜか故郷思いださせる

人生は生きて囃され八十年惚けて火葬（や）かれて闇の彼方へ

生きて行く今日一日を生きて行く老人(ひと)は何時まで夢に生きるや

我とならば生きて行けると言ふ女(ひと)の手の温もりも今は冷たく

夕涼み縁台床机花火(はな)は咲く盆の送り火妻にとゞけと

花は散り遺骨(ほね)を枕に生きる時山寺の鐘今日も淋しく（妻、花子と言った）

夢現超高齢の老人(ひと)となり惚けて疎まれ待つは旅立ち

もう良からう八十五年夢のあと眠り逝く日の楽しくもあり

一人住の四畳半部屋生きる時幸せなりと思う人の世

梵鐘（かね）の音（ね）に山里の空暮れ泥（なず）み稲穂取る人影も仄仄

茜雲故郷（さと）の夕焼け暮れなずみ麦藁帽子影は尾を引く

何処（どこ）までが人であるかと思う時健康保険証一割となる

故郷の鴉(カラス)鳴くこえ聞くたびに母の温もり思い出さるゝ

谷川を堰いて水浴び蝉時雨聞いた山里何故(なぜ)か恋しき

音久の坊と呼ばれた時もある現在(いま)は捨人露草(つゆくさ)の庵(やど)

蕎麦(そば)の花咲いた山里訪ぬれば友酒食(くら)いて青春に泣く

（妻眠り）
妻逝きて遺骨(ほね)を枕に生きる時閻魔死神夢に頬笑む

伯備線総社の駅で紙吹雪撒いた乙女の懐かしきころ

雪を見に夜汽車にゆられ一人旅手のとどくかも北国の空

労働省我騙せしか十年前法律変りて知らぬ存ぜぬ（平成十八年末）

梅香り目白とび交う後楽園春立ちし日雪は舞いちる

永遠(とこしえ)に生き行きたしと言ふ妻(ひと)の手の温もりの猶も冷たく

捨て人と世間(ひと)は思えど疎めども名こそ惜しみて我は生きたし

菜の花をとびこえ行きし吉備の里乙女は今も夢に生きゆく

故郷へ煙とともに帰る妻(ひと)想い出だけが我の手にあり

桜(はな)は散りあすはあの山越えてゆく煙と共に母の待つ里

ホタル見て眠りゆけたら仕合せと呟きし女(ひと)闇を見詰める

柳川に桜花散る春の宵女（ひと）は夢見る父母のぬくもり

振り向くな振り返るなと思いつゝ八十五年は束の間の時

深々と雪降る街を彷徨いて乙女（ひと）偲ぶれば明日の日もある

忘れよう故郷（くに）の山川父母の愛思いてすぎし八十年の時（故郷を出て約六十年）

人なれば束の間の人生（たび）歩む時夢見れるやと悩む時もある

居眠りの合間生きゆく老人（おいびと）は宿命（さだめ）なるまま夢彷徨えり

あの山を越えて向うに故里が夢見て暮れる八十五の春

背を向けて涙かくして去りし女（ひと）今は幻夢に咲く花

妻と娘（こ）に心で詫びて日は暮れる明日は地獄で鬼と酒盛り

如月の月の光も冷たくて乙女の横顔蒼白（しろ）く輝く

ほどほどに生きゆきたれば仕合せと故郷（くに）出でし我父母に背をむけ

枳殻（からたち）の花香るころ去りし乙女（ひと）日傘（かさ）にかくれて生きる秋の日

山百合の咲いた故郷夢のあと人は生きゆく宿命（さだめ）なるまゝ

プライドと言った時代は更になく心のままに生きた人の世

何時までも夢求め行く我の背に共に生きると呟きし乙女（ひと）

陽炎の燃えて哀しい山里に日傘も揺れた初恋（こい）の想い出
　初恋の乙女我の生家に今は思い出の乙女

後何年生きて流れてゆけるかと思いて暮れる八十五才の秋

生きて行く今日一日を生きてゆく老人（ひと）は何時まで夢を見れるや

目がきれい耳に囁き去りし人乙女（ひと）の心に帰り来ぬ春

横に降る雪の冷たさ顔にうけ故郷（くに）出でし我夢を求めて

北風の吹いて淋しい信濃路も乙女（ひと）偲ぶれば雪は舞い散る

目がきれい言葉残して去りし人桔梗一輪心かなしき

忍ぶれば津山の街の哀しさよ愛しき乙女（ひと）の姿（かげ）は今なし

久代村日傘もゆれる昼下り乙女（ひと）偲ぶれば幻はゆく

白樺の木々の向うに雪山が白くかゞやく南部湯の里

桜見にあすは行こうか真光寺地獄の底で坊主手まねく

痩せ蛙鳴いて梅雨雨降りしころ故郷出でし友夢を求めて

ホタルとぶ故郷の小川こそ恋しけり母の袂の蒼白く光りて

成羽川水に抱かれて眠るなら苦しき人生未練残らず

睡蓮の花に生命を彼の女は乗せて逝くかや黄泉の国まで

窓にふる雪の冷たさ身にしみて女(ひと)偲ぶれど戻りこぬ春

桜見にあすは行こうか真光寺坊主濁酒閻魔酒盛り

初恋の乙女(ひと)の思い出辿(たど)る時久代村にも秋風は吹く

睡蓮の花によりそい眠りゆく女(ひと)の心の淋しさぞ知る

北の街傘もささずに行く女(ひと)の肩に淋しく粉雪は舞う

汽車にのり夢を求めて北の街津軽の海に雪の舞うころ

鈍行の窓にもたれて北国え海の彼方え太陽(ひ)の沈むころ

鈍行の窓に流れる日本海秋田は遠く未(ま)だ糸魚川

梅雨空は三十八度の生き地獄飯は食わねど老人(ひと)は生きゆく

遠き日の十九の乙女みだれ髪偲べど哀し恋の悪戯(いたずら)

夏空を見上げて通る女(ひと)の影麦藁帽子に恋の思い出

電車見て汽車と言う程年を取り汽車で旅する陸奥の春

奥入瀬の流れは永久(とわ)にかわらねど人は果敢無し束の間の人生(たび)

花巻の温泉(ゆ)の香恋しと妻は言ふ何時か行こうと慰めし頃

未(ま)だ酒田何所まで行くかこの旅は見果てぬ夢に日は暮れにけり

俄か雨霞んで見える鳥海山秋田時雨て人影もなし

海風に耐えて生きゆく浜松の庄内平野に秋の日は落ち

何所までが山となるかや八郎潟秋風吹いて人は仕合せ

求めても求めうるもの更になく津軽平野に夢は消えゆく

海ぞいのトンネル抜けると黄泉の国閻魔(エンマ)手招く地獄えの道

陸奥の牛追い唄の哀しさよ祖父の面影遠く消えゆく

じょんがらの今宵きこえる旅の宿津軽恋唄哀しくもあり

北国の夜更けて淋し旅の宿恋の思い出唯哀しくて

終電の到着(つ)いて淋しい能代町灯り求めて彷徨える旅人(ひと)

駅前の夜更けて淋し旅の宿女将心に安らぎの酒

目がきれいたゞ一言の愛の唄去り行きし女(ひと)戻り来ぬ春

はにかみの会釈かわして行く女(ひと)の頬染めし時恋のはじめか

土曜日の通勤電車旅の朝行き支う人の何所か淋しく

五能線一番列車の淋しさよ能代初にて我一人旅

旅の宿泣いてきこえる雪の音秋田のおばこに夢は見えねど

雪がとぶ羽越本線一人旅当てなき老人(ひと)に光さえなく

トンネルを抜けた向うに雪が舞う友と旅した津軽中里

風が吹く越中八尾旅の宿夜通し踊るおわら風の盆

目がきれい耳許(みみ)に囁き去りし人乙女の胸に残る哀しさ

旅すがら越中八尾(やつを)風の盆踊るおわらの三味線(シャミ)の音哀し

海沿を走る列車の淋しさよ五能線旅明日は見えねど

北の果て五所川原街夜は更けて三味線(シャミ)泣く音も旅の思い出

五能線雪も吹雪けば汽車も動(で)ず親父朝から酒飲(くら)う時

能代町駅前旅館なつかしき暗き街灯(あかり)に仕合せを見む

淋しさを求めて辿る五能線車外(そと)は吹雪いて人影もなし

海猫が波に消えゆく日本海羽越本線日はしずみ

雪の舞う故郷の山恋しけり父母眠れども尚も恋しき

真夏日も日がな一日荒ら家で団扇片手に眠り逝きたし

真夏日も呑まず食わずで日は暮れる盆の来るまで生きて居れるや

雪の舞う故郷（さと）の山河（さんが）ぞ恋しけり父母の心の尚も恋しき

目が綺麗耳に囁き去りし人忘れられない初恋（こい）の思い出

雲上人も死んでしまえば同じこと焼いて粉になりや風にまい散る

人生は生きて囃され八十年惚けて火葬（や）かれりや闇の彼方え

年齢（とし）と共帰る道さえ忘れゆき巷彷徨うも人間（ひと）の宿命（さだめ）と

数知れず女（ひと）に愛され忘れられ死んで地獄の鬼と恋せん
（鬼に愛され）

城跡の芝生に寝転び初恋の乙女偲ぶれど戻り来ぬ春

アカシアの花咲くころの思い出は日傘に隠れて去りし乙女影

終電の着いて淋しい能代町安らぎ求め我は彷徨う

眠りても側に居たいと言う妻の遺骨を枕元に生きる人生もある

日毎ます頸椎痛頭痛の苦しさよ死にたくもあり死にたくもなし

幻の人世生きるも人なれば眠りゆくのも人のしあわせ（宿命）

幻の生命短かき人の世を我夢に生き夢に眠らん

このままで眠り逝けたらしあわせと思う時あり頭痛激しき

月を見て故郷のお袋思い出し明日は帰りて風呂で月見ん

粉な雪の傘にかくれてゆく女の恋の思い出津山坂町

あの山を越えゆきたれば古里が知り人もなき六十年目の春

爪弾けば弦の音(おと)にも血は滲(にじ)む唄に溺れて生きる人生(ひ)もある

見返れば白衣の乙女微み病院影に秋の日は落ち

真夜中の救急車音こそ哀しけり妻帰りゆく父母の手の内

瀬戸内の出崎港(みなと)のなつかしき岩に残せし愛のきずあと

学び舎（学校）を抜けて登りし城山に今も残りし遠き日乙女の名前（高梁市松山城）

雲海に浮ぶ山城懐かしき頬染めし乙女夢に頷く

文子なる女の名前思い出しアルバム捜す五十年前の夢

命あらば知らない街を旅したい思いいて今日も汽車の窓辺に

浮草の人生なのと言ふ女の肩のふるえに夢を見る秋

秋紅葉（モミジ）蒜山三座萌える時乙女夢見る恋のひととき

人生に思い残す事更になし心のままに旅立つも人

翔んでゆく眠りて妻はどこえゆく山の向うの故郷の空

爪弾けば弦の音さえ哀しけり今宵かぎりの女（ひと）を偲びて

茜雲故郷（くに）の夕焼け暮れる時塩辛蜻蛉明日は何処ゆく

一目（ひとめ）見て少しやせたねと言ふ女の愛し言葉の今は懐し

真夜中の救急車音こそ哀しけり友の旅立ちたゞ涙あり

雨降らば嬶様恋しと痩せ蛙鳴いて今年も梅雨は終りぬ

未練かも思い出すかや初恋の女（ひと）の笑顔の寒くふるえて

手を取りて幸せだよねと囁けば頷きし女（ひと）今は眠りて

幻の人影をもとめて旅を行く小樽、定山、ススキノの街

足跡を雪が消しゆく北陸路女偲ぶれば尚も哀しき

口紅をマフラーで隠し去りし女愛しさだけが今は想い出

一汽車を遅らせてでも側に居て倉敷駅に雪の舞うころ

遠き日の故郷の空想う時塩辛蜻蛉とんで日は暮れ

梵鐘(かね)の音に秋の日暮れる山里の母の面影今は幻

今一度故郷の土踏む夢を想いて暮れる八十五才の春

伯備線高梁駅の哀しさよ母の涙と思い忘れじ

北風の吹いて淋しい備北路も我がふるさとぞ尚もなつかし

仄暗きランプの明り(あか)で書く文も届けど哀し返り来ぬ春

横に降る雪のつめたさ友として粟津温泉(ゆ)の町湯煙に泣く

惚けてなほ人は地獄を垣間見る明日は火葬(や)かれて故郷(くに)に眠らん

雪の華散って淋しい津山路も乙女(ひと)偲ぶれば今も哀しき

雨あがり自転車ペダル重けれど病院通いて明日の日もある

好きなのと言ってはにかむ乙女子の恋の偲い出淡く哀しき

今一度会うて見たいと言うなれば頬そめし乙女(ひと)頷きし日も

北国の夜更けて哀し旅の宿恋の思い出たゞなつかしき

消えゆきし遠き思い出たどる時倉敷駅に女(ひと)の影見む

見返れば宮島口は遠ざかり平家怨霊夢も影なし

夜汽車窓三番ホーム恋のあとホタルの光聞くも哀しき

淋しさを心の底に一人旅桜花散る津山坂街（路）

見上ぐればここは尾道坂の街猫と夢見た若き日の友

雪を見に夜行列車一人旅終着駅にネオン冷たく

貴様だけと信じた友に裏切られ尚信じゆく人でありたし
給料日が20日　21日には返すと言う二人に金をかす。二人とも21日より顔を見せない。
この様な事は何度かあった。やっぱり自分は少し惚けて居るのか目出たい人間である。
それでも私はしあわせである。友を信ずる事の出来る人でありたい。

尾道のホームで見上げる坂の上猫を愛した友の生き様を

頬そめてうなずきし乙女(ひと)忍ぶれど心に哀し帰り来ぬ春

雪国の最終電車着く街は人は黙して闇に消えゆく

倉敷の四番ホーム哀しけりホタルの光今も忘れず

今喰らう飯もなけれど生きて居る八十五才の夢も見えねど

何時までも側に居てねと眠り逝く三年すぎし日忘れえぬ女(ひと)

遺骨(ほね)を抱き今を生きゆく馬鹿も居る明日(あす)は地獄え二人逝けたら

背が寒い炬燵に潜り日は暮れる櫻咲くまで生きて行きたし

たよりない男に惚れた人妻の人間(ひと)の生き様哀しくもあり

何もない故郷の空忘られず母の心と初恋の乙女(ひと)

ふり向けば山の向うに故郷が遠き昔の母の面影

夕月を背にあびながら久代村初恋（こい）の思い出今は哀しき

西日さす窓によりそい女（ひと）は言ふ故郷（くに）は雪かと淋しくもあり

ふりむけば夕日の先に故郷が心に霞む母の思い出

黒髪が今も泣きます倉敷の最終電車に夢を見る時

親をすて故郷をすてて生きる女（ひと）明日は地獄か夢も見えねど

肩よせて雪にかすんで行く女（ひと）の何所か淋しい京都花街
背が寒い襤褸をかさねて尚寒いコーヒー店に暖を求める
雪を見て人に戻りし時もある何時か逝きたい故郷の街
雪の降る津軽ジョンガラ一人旅今宵青荷かランプ仄仄
細雪傘にかくれて行く女（ひと）の恋の思い出夢のまた夢

三年すぎ眠りし女（ひと）ぞ忘れゆき己の心哀しくもあり

程々に人間らしく生きゆけば後は地獄で眠るたのしさ

老いて猶故郷の空こそ恋しけり今は帰りて母を偲ぶや

倉敷川柳芽を吹く岸辺にも恋の想い出懐かしきかな

人生は飯を食うて寝ておきて老いて只管悩みくれゆく

雪まじり北風つめたい東尋坊崖の上にもしあわせを見る

もんげえをどう解けは良い国訛り岡山城に雪まじりの風

後三月生きゆきたしと妻は言ふ富山荘に桜咲くまで

流行歌(はやりうた)聞いて心が淋しがるなぜか故郷涙ほろほろ

最夜中に救急車音停まる時見知らぬ人の旅立ちの時

明日（あした）まで生きゆけるかと妻は言ふ病院窓辺に櫻咲くころ

学び舎を抜けて登りし城山に遠き日武士（もののふ）濁酒（さけ）と語らん

今宵また月も哀しき信濃（しなの）路を温泉（ゆ）の香仄仄一人旅ゆく

一人住（ひとりね）の喰わずともよし年の瀬を布団にもぐり明日は来るかと

丑三ツ時目覚めて哀し老耄（おいぼれ）の救急車呼ぶ手段（すべ）も判らず

雪風の窓を鳴らして日は暮れる炬燵にもたれ春よこいこい

もうよかろう八十五才の誕生日夢はあれども苦しくもあり

日が暮れる今日もぼんやり日は暮れる後はぼんやり眠り逝けたら

この川は何処までつゞくと妻は言ふ鬼が屯(たむろ)す黄泉の山川

捨人の名こそ惜しみて今を生き明日は地獄で眠り逝けたら

マスクして顔さえ見せぬ乙女医師手の温もりの懐かしきかな

過ぎし日の乙女思い出旅をゆく雪のアルプス山（立山）は語らず

白梅に乙女の姿見初めたり咲いて哀しい倉敷の春

梔子（くちなし）の花は淋しく咲くなれど乙女の優しさ忘れえぬ日日

ヘボめし（蜂の子めし）のさめやらぬ間の昼やすみ信濃山里友と仄仄

学び舎を抜けて語りし古城あと眠りし友の影は生きゆく

白梅の咲いた古里夢に見て紅葉(もみじ)散るころ母にあいたし

久々に母のぬくもり感ず時外は深々雪の山里

故郷の母に会をを終電車灯火(あかり)恋しい故郷の駅

富山来てカニ食いブリ食い温泉(ゆ)に入(はい)り明日は立山雪に眠るや

山里の暮れなすむ空見上ぐれば入日の陰に人はきえゆく

明日までに何処で乗継ぎ何処えゆく未だ見ぬ街え生きる糧とし

淋しさを心に隠し旅をゆく見知らぬ街え何か求めて

如月の月も凍るや故郷の母の墓石の只淋しくて

雪が降る越前九頭竜旅をゆく里の灯火なぜか懐し

何時までもあなたの側で眠りたし彼（あ）れから四年遺骨（ほね）と生きる我

おめでとう親の声なく嫁ぎ来る妻の心の哀しくもあり

終電車着いた向うに夢があり秋田なまはげ津軽恋うた

崖の上こゝは越前東尋坊友忍ぶれば吹雪さえ泣く

浅野川雪溶け水に流れゆく別れた人の影も心も

老いたりて人の生き様忘れども魂魄（こんぱく）この世に永久（とわ）にとゞまる

茜（あかね）雲宍道湖そめて日は暮れる玉造りの温泉（ゆ）影は仄かに

浜村の温泉（いでゆ）懐かし思い出は青春の友涙忘れず

宍道湖に夕日（ひ）の沈む時なに思う白髪まじりの姦（かしま）しの旅

仄暗き灯火（あかり）求めてペンを取る故郷（くに）は吹雪か母は無事かと

智頭線(ちず)の美作(みまさか)加茂に下車(おり)し女(ひと)何時か会をうと雨に消えゆく

雪の中梅咲きほこる備北路も母忍ぶれど唯涙あり

雪を見て故郷の空思い出す一度帰りて母に詫びせん

細細と降って溶けゆく名残り雪故里もはや初音聞くころ

桃の花咲いた向うに流し雛(ひな)見果てぬ世まで一人旅立つ

古雛見て故里の空覚えたり明日は帰りて母にあいたし

夢現超高齢者の老人となり惚けて孤独死それもしあわせ

愛を諾き涙かくして去る女の細き項に桜花散る

今一度母を見舞えと手を取れば白衣の乙女たゞ頷けり

春浅き古備の山並み萌えるころ彼岸桜に恋の花咲く

故里の盆の送り火ゆれる時眠りし母は何を語るや

初恋の別れた人の故里も訪ねて哀し秋の夕暮れ

このつぎは天国で会をゝと言ふ女(ひと)の目の潤む時明日(あす)はあるかと

花桃の咲いて哀しい津山路も一人旅する如月(きさらぎ)の雨

囂(かしま)しく乙女三人旅をゆく醍醐桜に夢を求めて

故里の城山遠く見上ぐれば弥生月影桜花散る

杉木立抜けて向うに故郷が涙霞みて夢も見えねど

流行歌（はやりうた）今もどこかで聞こえくる明日はこの歌どこで聞くやら

清らなる河津七滝（だる）一人旅（ゆく）恋に苦しむ乙女哀しき

当てもなく夜汽車に揺られ北の果て思い出たどる雪の北斗星

隠れ宿愛しき人の思い出は遺らずの雨に燃えた日もある

彼の女(ひと)を心のマドンナと思ふ時勿忘草(わすれなぐさ)な咲いて哀しき

捨て人と世間(ひと)は思えど疎めども名こそ惜しみて我は逝きたし

馬鹿でよい生きゆく事の幸福(しあわせ)を我は求めて闇を彷徨

眠りゆく人の生命(いのち)の哀しさよ火葬(や)いて粉になりゃ闇のかなたえ

すぎし日の妻の写真燃える時煙目に滲む秋の夕暮れ

学び舎をぬけて仰ぎし松山城遠き日武士(もののふ)酒と語らん

もうよかろう八十五才の誕生日夢はあれども眠るのも良し

一人寝の四畳半部屋生きる時幸せなりと呟きし日も

高梁川水に思いを流す時青春の友夢と消えゆき

流行歌(はやりうた)聞いて心が淋しがるなぜか故郷今宵しみじみ

口でこそ供養なりしと言ふなれど雛人形(ひなびと)哀し海の藻屑と

初恋の乙女哀しく忍ぶれど物忘草な咲いて日は暮れ

散る花に思いをのせて流す時愛しき乙女(ひと)の戻り来ぬ春

五月雨を鳴いてよぶかや痩せ蛙明日は棚田に牛追いの声

囲炉裏火に栗はぜし（爆ぜし）日の思い出は母の背中で夢見たりし頃

爪弾けば三味線（シャミ）の弦（いと）から血が滲（にじ）む米一握りに生命（いのち）つないで

痩せ蛙鳴いて夜中に目覚むれば眠れなきまま冷酒を呑む

花は散り遺骨（ほね）を枕に生きる時山寺の梵鐘（かね）今日も淋しく（妻の名前花子）

海沿いを夜行列車で夢の中聞くは鴎か海鳴りの音

日傘（かさ）のかげ顔さえ見せぬ乙女にも頬そめし時恋の芽生えか

港線八浜駅の哀しさよ香り仄かにくちなしの花

故里の小川懐し祖父の面影（かげ）小魚（はや）釣る背中丸く蓑笠

紫陽花の咲いて山寺雨の朝鐘撞く小坊主夢は覚めねど

蒸し暑き夜のとばりの降りたれど老人（ひと）は眠れず猶（なお）苦しくて

御一人様死ぬも侭（まま）ならず病院地獄も保証人なく

花菖蒲咲いて五月雨濡れつばめ晴間求めてとんで日は暮れ

五月雨にサツキ濡れ咲く頼久寺終日（ひねもす）見惚（みと）れて日は暮れにけり（高梁市）

山里の木陰涼しく茅蜩（ひぐらし）の鳴いて今年も盂蘭盆（ぼん）は暮れゆく

縁台に団扇片手の詰将棋遠き日の友夢の思い出

風鈴の音も涼しく昼下り寝る孫(まご)の手に猫も寄り添う

居眠りの顔をかくした若妻の早朝電車に幸福(しあわせ)を見る

三味線(しゃみ)が泣く津軽温泉(ゆ)の街雪の宵流す唄にも優しさぞある

目覚むれば夜行列車はまた仙台上野着まで夢のつゞきを

愛すれど叶わぬ人と知るなれど花は咲きます矢車の花

爪弾けば弦の音にも血はにじむ今日の調べに生命（いのち）かけんと

朝めしを喰うた覚えは更になし飯が喰いたい五百円玉手に

乙女医師腕と心に惚れました手術台上たゞ目を閉じる

馬鹿でよい己の心正しくば地獄の底まで貫くも馬鹿

美代子なる乙女（ひと）を愛すと友は言ふ流れて八年（やとせ）一人暮れゆく

茶の滾（たぎ）る囲炉裏火こいしと山里の友訪ぬれば思い出に泣く

チャルメラを聞けば心が寂しがる別れた女（ひと）の恋の思い出

琵琶奏で詠う心に夢がある何時か舞台の華と咲く日を

路台を二段上がれば施術台命賭けます女医の瞳に

花菖蒲五月雨にぬれ咲きほこり今宵薄れゆく十六夜の月

梅雨晴れの雨に濡れゆく女影(ひとかげ)に遠き日の乙女(ひと)懐かしき日も

露草の花の咲くころ恋を知り三十路(みそじ)すぎれど花散りもせで

茅ぶきの懐かしきかな里の秋現在(いま)は思い出夢の彼方え

五月雨に濡れて哀しい花菖蒲今は帰りて母に手向けん

山里を訪れし乙女哀れなり日傘のかげの我もかなしき

彼岸花咲いた故郷思う時父母の墓石の赤く染(そ)む秋

人知れず去り逝きし女姿(ひとかけ)はなし野に咲く花の忘れゆく秋

初恋の女(ひと)に会うなと友は言ふ十九の乙女今もかわらず

遠き日の女の写真燃える時煙目に沁みる秋の夕暮

津山線川柳(せんりゅう)の里弓削の駅河童(カッパ)に送られ旅立ちし乙女(ひと)

背を丸め炬燵にもたれ妻は言ふ桜咲くまで生きて見たいと

惚けてなを我の手を取り爪をかむ妻は今でも愛を忘れず

背をむけて涙こらえた乙女にも永遠に愛すと呟きし我

いつまでもさいの川原で待つと言う我も行こうか人生（いのち）なげだし

孤独死を心にきめてはや三年なを生きゆくは人の哀しさ

八浜の街のはずれの停車場で女待つ時計針は進まず

捥ぎたての白桃送り来る友があり竹馬の友のありがたきかな

米と水酵母菌求めて亀乃井の酒と二子山手伝人は忘れず

昭和31年（25才）酒造杜氏として手伝人10人と共に庫入する　昭和31年32年度分全国品評会出品優等賞受賞　藤原酒造にあり（当時金賞がなく優等賞が最高）

故郷え土産ぶらぶら帰る友我淋しけど故郷はなし

花吹雪手でさえぎりて行く女の頬に一枚とけてかなしき

支えあい生きた昔の懐かしき偲べど哀し人は人生(たび)行く

城跡の岩に寝ころび青春を雲と語りし十五の心

人はみな年齢(とし)の数だけ夢があり夢尽きるまで生きて逝きたし

学びやを抜けてあそびし城山に十五の涙松風に散る

このままで見納めとなるか故里は思いて出でし青春の心

涙さえ日傘(かさ)にかくしてゆく乙女(ひと)を見送る我の目に涙あり

このままで眠り逝く程強からず水飲むだけで七日間は生きる

苦しさに目ざめて未だ午前二時ロキソニン呑む手痛くふるえる

追羽根に裳裾みだるる雪の花

雪ダルマ溶けてきこえる春の風

旭川土手の土筆に春を見る

蒜山の雪を溶かして田植かな

梅ほろり鶯ないて春立ちぬ

雪うさぎとんで向うに春の音

備北路え雪割草が春をよぶ

菜の花にミツバチとんで夕日(ひ)はしずむ

花冷えに目ざめし蛙また眠り

雷の鳴ってきのこの芽をさまし

谷川を堰(せ)いて水浴び夏木立

蜩の鳴いて地獄も盆の暮

梵鐘(かね)の音(ね)に釈迦(しゃか)の声きく盆踊

花筏広前城堀真鴨漕ぐ

秋深し温泉(ゆげ)で諸蒸す肥後の里

朝顔の一花(か)萎れて盆のくれ

立山の氷河とかして夕涼み

隅田川屋形船にも秋の影色(いろ)

山の空葉煙草ゆれる祖谷の里

忍ぶ恋傘にかくれて雪の朝

七竃一ツ啄(ついば)むもずの声

木葉(こば)ツツジ一輪咲いて春をまつ

寒椿一輪咲いて故郷(さと)に月

アルプスの雪山(やま)も萌え色桜かな

イルカンダ四年ぶりの花夢と咲く

福寿草一花(ッ)咲いての年はあけ

山桜咲いてあしたは東風(こち)ぞ吹く

桜咲き三日見ぬ間の青葉かな

梵鐘(かね)の音釈迦も閻魔も目を覚ます

人生を遣らずの雨に惑わされ

隠れ宿遣らずの雨に乙女(はな)は散る

盆の梵鐘(かね)釈迦の心か慈悲の声

蜩の鳴いて棚田に秋の色

南天に鵯(ひよどり)鳴いて雪をよぶ

山桜弥生の空を染めてゆく

痩せ蛙鳴いて田植の時を告げ

シャクナゲに蜜蜂とんで春の風

蓮華草咲いて苗代霜の朝

蜩の声をかぎりと黄泉の国

向日葵(ひまわり)の咲いて山里土用干し

蓮華花みつ蜂とんで春霞み

菜の花に蝶もかくれて春をよぶ

群雀稲刈前の祭り食い

軍鶏の鶏冠(とさか)色付く里の秋

紅葉(もみじ)散り明日は雪かや山の空

病葉に初霜降って年は暮れ

蒜山(ひるぜん)の雪どけ水にわさび花

五月雨を鳴いてかなしむ痩せ蛙

里の香をのせて山蕗（ふき）飯の共

軒ツバメ雛もとびたつ梅雨の明け

雪のふる夜

私の故郷は十一月末には雪がちらついて居た　今はどうかわからない

雪のふる夜は
赤い囲炉裏火
焼いた栗の実
吹いて冷まして
爺(ぢ)様も一ツと
猫も目ざめて
囲炉裏火パチパチ

囲炉裏火赤い
栗の実焼いた
お手々にあつい
オクチに一ツ
もぐもぐうまい(甘い)
背伸びをすると
頬(ほ)っぺが赤い(染まる)

夜更けて炬燵に温か眠い

外は深深　朝まで積る

明日も寒かろ　母さん言った

遠い昔の　故里（ふるさと）の夜

何時かしずかに　行きました。

岡山端唄

岡山来る時きや　雨傘いらぬ
今日も朝から　日本晴れ
どうせ持つなら　日傘をおもち
傘にかくれて　恋の花

恋だ愛だと　言っては見ても
所詮男女の　騙しあい
騙しあいでも　男と女

好きだ好きだで　ついほろり

果実食いたきや　清水白桃
それとも巨峰か　マスカット

後楽園から　烏城が見える
宇喜多秀家　夢のあと

負ける合戦（いくさ）と　わかって居ても
意地と恩義の　花と散る

秋田時雨か

平成27年の初秋　東北え旅時雨時の一日

秋田まだかと　見上げる空に
今日も時雨か　雲がとぶ

秋田来て見りゃ　時雨でござる
秋田おばこの　涙雨

秋田おばこの　情(なさけ)にほろり
せめて時雨の　あがるまで

秋田音頭で　うつつを抜かしや

杉の木立で　蝉(せみ)時雨

秋田美人の　誠にほれて
今宵降る雨　恋時雨

秋田去る時きや　時雨の合間
漫ろ行くのも　罪なもの

偲ぶ街

雨がふる
故郷の街に　雨がふる
乙女の胸の　哀しさを
思いてさがし　彷徨えば
あの乙女（ひと）も背を振るわせつ濡れて行く
故里の街に　雨がふる

風が吹く
故郷の街に　風が吹く
泣いて居る様（よ）な　北風が

心の芯まで　凍らせる
あの乙女（ひと）の若き血潮も凍らせる
故里の街を　風が吹く

電灯（ひ）が灯る
故郷の街に　電灯（ひ）が灯る
愛しき乙女（ひと）の　思い出を
心で捜し　求むれば
あの家も愛しい乙女も灯（ひ）が灯る
故里の街に　電灯（ひ）が灯もる

故里の空が見たい

夕焼け空を真赤そめて
山の向うえ夕日はしずむ

俺も故郷(こきょう)の夕日が見たい
だけど俺には古里がない
俺の古里何処にある

帰れる古里ある様じゃ
人間生きて行けぬもの
心にきめて七十年

今更帰れる家はない
母の墓石も何処にある
其れさえ今は夢の後
坊主は死後の世界が有ると言ふ
それさえ当てにはならねども
眠りし後に古里の
赤い夕日も見えるやも
眠りて後に会えるなら
母の心で寝りたい。

貧者の生き様

今日も私は　生きて居る
一間半角　四畳半
炬燵にもたれ　夢うつゝ
こっくりこっくり居眠りこいて
腹が減ったら　コンビニ行って
硬貨二ツで　弁当二ツ
咽が渇けば　水を呑み

労災保険で　痛み留め薬
どうせ頚椎　元には治(な)らぬ

こんな生活　　早や十年
毎日痛みは　　酷くなる

それでも私は　　生きて居る
妻の遺骨（いこつ）が　　目の前の（高梁市有漢町真光寺に墓石はあるが）
ガラス戸越しに笑ってる
貴方の側に　　何時までも
置いてもらうと約束を
今もまもって　　くれたのと
そんな言葉が　　きこえます
生きゆく事さえ　　半分忘れ

生命あるから　生きて居る
その内何とか　なるだらう
人間最後は　皆同じ
苦しみながら　息絶えて
死んで火葬（や）かれりゃ煙となって
空の彼方え　とんで行き

骨は地球の　土となる
それが人間　宿命（さだめ）と思う時

人間哀しい生きものと人は言う
それでも私は人生を

楽しく生きて　居りました
其の内　死んで逝くでせう
地獄で閻魔が待って居る

思い出の秋

夕日のしずむ向うには
私の生まれた故里が
今もあるんだ　思い出が
母の面影　夢に見て
ほんの束の間　幸せを
心に感じて居りました

真っ赤にそまった彼岸花
棚田の岸辺に咲いてます
庭の棗（なつめ）の熟（う）れるころ

姉さんお嫁に行きました
日暮れて囲炉裏火燃えるころ
祖父は草鞋（わらじ）を編んでいた
そんな昔の一時を
思い出させる秋の日は
今日もしずかに暮れました

老いたりて

人間どんなに　足掻いても
運命（さだめ）を変えれる　わけじゃない

苦しみ足掻くも　運命（さだめ）なら
程良く生きるも　運命なり

それが私の人生と　心に決めて85年
今日もぼんやり　生きて居る
明日もぼんやり　生きて行く

生命（いのち）あるうちゃ　生きて行く
どんなに苦しく　生きようと
誰の所為（せい）でも　ありやしない

どうにか成るよと　思う時
西空（そら）にゃ真っ赤な　夕日（ひ）が沈む
私の生命も　燃えて逝く

老人の生き様

老人とは
酒を買う金がなければ、
　酒は嫌いと言う。
タバコを買う金がなければ、
　タバコは嫌いと言う。
目が悪いから　テレビは見ないという。
糖分を取りすぎると、
　糖尿病になるので　糖分は取らない。
血圧が高くなるから塩分は少なめに。

一日　二食の飯と味噌汁を喰らい。
眠い時に眠り　動き(うご)たい時動き(うご)、
それでも八十五年の生命を繋ぎ留め、
今日も一日人間らしき様(さま)に生きて居る。

何時まで生きて居られるか自分には分からない。
これが一人暮らしの老人の生き方である。
金のない老人は皆んな同じ様な生き方をし
同じ様に死んで地球の土となる
これが人間の運命であると思いつつ
今日も一日生きて居る

もんげえと言われて孫の呆け顔

ご臨終病院長の成(な)れのはて

軒ツバメ子沢山でも補助は出ず

御一人様地獄へゆくにも保証人

元閣下　涎(よだれ)垂らしてワワワワワ（人間の最後の哀しさ　皆んな同じ様なもの）

梅雨空に　ゲロ　と一声　青蛙

谷川を堰いて小河童夏休み

川魚(カワサカナ)火焙りする程悪くない

牛豚(うしぶた)も命あるんだ人間も

人間の驕(おご)り蠢(うごめ)く漁場かな

惚けて逝きます

七十才半ばで婆様は病気になりました。
認知症とか言う病気だそうでした。
其の時以前から婆様は家出や物忘れが多い。
いいえ私は家出したのではありません。
自分の家え帰る道がわからなくなるのですと。
こんな婆様を爺様はさがして歩く。
さがしあぐねて日が暮れる。
警察のお世話に成った事も何回か。

こんな日日が何年か（約十年位。平成17年には警察犬の世話にもなった事もあり）

ある時は裁判所から五十万円払えと通告書あり
歯医者の代金五十万円未納だと告訴ありと（花…歯科）
婆様は其の様な事知らぬ顔。（国保10％で50万円と？）
其れでも裁判所の言う事なればと、
爺様は有り金掻き集め歯の治療代金として裁判所え金額納金致しました。
惚けて居たとて、婆様の歯医者代金。
それが不服なら　惚けなきゃ良いと、
裁判所は、やっぱり言うだらう。

法律国の難しさ。思い知らされた時もある。
其の後大病院何ヶ所もＭＲＩも何回も
それでも病気は治らない。日毎病気は悪くなる。
病院医師の言の葉によると
世界一の名医でも、今現在治せる事はないと言う。
時には二人で　海に入るか？首でも吊るか？と　思った事も何度か有ったとか
（相手の事を思う人程その様になるとか？）

ある時
岡山市南区・松山医師より
死ぬ事はなからう　婆様を

私が経営する施設え入所させてやる。
岡山市東区富山荘様え、爺様は心から感謝。
命ある限り忘れる事は有りませんと。思って居るとか？
其れから三年婆様は爺様の手を取って、
人間世界にさようなら、闇の世界え
煙とともに旅立って逝きました。
今は何所で何して居るのやら。
坊主に聞いても本当の事を知ってる筈もない。
人間最後は皆んな同じ事である。
この話は惚け老人の夢物語りかもしれない？

また本当の話かも知れない？

其の事さえ爺様には最早や良く判らないと言ふ年齢に成ってしまいました。

明治時代の　ある大学創始者が言った

言葉であったと思う。

人間一人は淋しいものであると。だが

私は一人で生活して居ますが

さほど淋しいと思った事はない。

一人もまた楽しいものである。

自由気侭に自分の心のままに人生を生き孤独死もまた　自分の人生と思います。

自分の負け惜しみと言ふ事なのか？
それとも惚けて居るのかもしれない。
世渡りの下手な人と言われるが、
下手なら下手なりに、自分に出来る
一番人間らしい生き方をと思いつつ
残り少ない人生を楽しんで
終りたいと思います。
人間生きてこそ幸せである。

平成28年5月末

隆

酒造杜氏履歴

昭和31年〜58年	28年間	玉野市八浜	藤原酒造K.K.
昭和59年	1年間	岡山市	岡山酒造K.K.
昭和60年〜62年	3年間	玉島市金光町	川上庄七本店
昭和63年〜平成8年	9年間	児島市稗田	放駒酒造K.K.
平成10年	1年間	広島県三次市	金天鈴酒造K.K.
平成11年〜平成16年	6年間	広島県庄原市	八谷酒造K.K.
合計48年間			

職人としての酒造杜氏は過去現在未来も48年間を越える職人酒造杜氏は出ないと思われる。

著者紹介

杉本　隆（昭和六年二月十一日生マレとの事、岡山県川上郡成羽町下日名）

酒造杜氏（日本酒）

一級技能士

昭和31年より平成16年の間（四十八年間）

労働事故により退社（25才〜72才の間）

岡山県内

酒造杜氏歴代過去最長年なる男なれど……

捨人(すてびと)の詞(うた)

2016年9月30日　発行

著　者　杉本　隆

発　行　杉本　隆
岡山市南区福富中二丁目7－9

発　売　吉備人出版
〒700-0823　岡山市北区丸の内2丁目11-22
電話 086-235-3456　　ファクス 086-234-3210
ウェブサイト http：//www.kibito.co.jp
Eメール　mail：books@kibito.co.jp
郵便振替 01250-9-14467

印　刷　株式会社印刷工房フジワラ

製　本　有限会社山陽製本

ISBN978-4-86069-484-5　C0092　￥1000E